등불 앞에서 내 마음 아득하여라

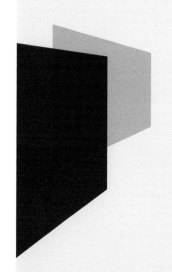

오세영 시집

서정시학 시인선 224

서정시학

활짝 펴 아름답다고 감탄하지 마라.
꽃은
가장 어둡고 아픈 고통의 그 절정에서 봉오릴
터트리는 것이니.

—「이 아침」

서정시학 시인선 224

등불 앞에서 내 마음 아득하여라

오세영 시집

서정시학

머리말을 대신하여

가을바람 불어 괴로운 시 뿐인데
이 세상 참다운 벗 하나 없구나.
한밤 창밖에는 비만 흩뿌리니
등불 앞에서 내 마음 아득하여라.

秋風惟苦吟
擧世少知音
窓外三更雨
燈前萬里心
― 崔致遠「秋夜雨中」

차 례

2부

3부

4부

1부

어두운 등불 아래서

한 겨울 밤
정갈한 백지 한 장을 앞에 두고 홀로
네게 편지를 쓴다.
그러나
바람이 문풍지를 울리자
터벅터벅 사막을 건너던 낙타의 고삐 줄이
한 순간 뚝 끊어져버리듯
밤바다를 건너던 돛배의 키가 불현듯 꺾여지듯
무심결에
툭,
부러지는 연필심.
그 몽당연필 하나를 들고
흔들리는 등불 앞에서 내 마음
아득하여라.
내 마음 막막하여라.*

---

* 최치원崔致遠의 시 「추야우중秋夜雨中」의 한 구절, "窓外三更雨/燈前萬里心"

13

아, 대한민국 2022년

저 멀리 남해 이어도 밖
푸른 수평선 위를 넘나드는 한낱
돌고래로 살꺼나.
아득한 티벳 고원
히말라야 설산을 헤매는 외로운
눈표범으로 살꺼나.
옛 페르시아 고토古土 루트사막
침묵의 탑* 위를 맴도는 한 마리
독수리로 살꺼나.
아니야. 아니야.
그래도 바람에 날리는 한 갓털,
민들레 꽃씨가 되어
개마고원, 전라도 갯땅쇠 아니 그
어떤 척박한 곳이라도
패거리 작당,
부화뇌동,
내로남불**,

---

* 고대 페르시아 시대에 조로아스터 교에서 조장鳥葬을 치루던 곳.
** 내 살던 시대, '내가 하는 일은 로맨스 남이 하는 일은 불륜'이라는 뜻의 속된
　유행어.

당동벌이

지록위마***가 없는 땅이라면

국토의 그 어디에서나 사뿐 떨어져

한 송이 꽃으로 살리.

나 죽어서 다시 이 세상에 태어나……

*** 黨同伐異, 指鹿爲馬.

유학

나, 귀국하면 여기서 받은 학위로
높은 관직을 탐하지 않으리.
나 귀국하면 여기서 얻은 기술로
큰 돈을 벌려 하지 않으리.
한적한 길가, 사이프러스 시원한 그늘 아래
조그마한 빵 가게를 하나 차려
착한 셰프가 되리.
여기서 구한 사랑과 연민과 용서를 조국으로 가져가
빵으로 구워서
슬프고도 가난한 내 이웃들과 함께 같이
나눠 먹으며 살리.
나, 죽어서 저승으로 돌아가면 결코
여기서 배운 지식으로 권력을, 명예를 탐하지 않고
일개 셰프가 되리.
사랑과 연민과 용서를 눈물로 반죽한
그 소박한 한 덩이의 빵,
가난하지만 아름다운 내 이웃들과 함께 더불어
아침마다 나눠 먹으며 살리.
머지않은 날,
나 조국으로 돌아가면……

어느 장례식

눈은 번연히 떠 있건만
그는 아무 말이 없다.
귀에 대고 속삭여도 이마에 뺨을 대고 부벼 보아도……

체온은 이미 싸늘하게 식어버렸는데,
눈은 멀겋게 허공을 바라다보고만 있는데
무슨 약일까.
머리맡에 구르는 빈 술병과 이름 모를
약봉지와 꾸겨진 낙서 몇 장.

이 시대의 난해한 詩의 관棺을 앞에 두고
그래도 무슨 말인지 조사弔辭만은 해야 하는
자칭 문학 평론가들이 나서서 한사코
그 시신, 참 아름답다고,
입이 마르도록 칭찬을 한다.

그러나 그의 눈만큼은
편안이 감겨드려라. 안식에 들도록……
자살인가. 타살인가. 아니면 혹
정사情死는 아닌가.

출판기념회

절을 올려 일단 예를 갖춘 후,
상주에게
참 훌륭한 사람이었다고 조위弔慰를 표한 뒤

식탁에 내온 음식들을 허겁지겁
목구멍에 쑤셔 넣으며,
술에 취해 와자지껄 시끌벅적 떠들어대며,
킬킬거리며

고인의 한생은 참 아름다웠다고,
고인의 한생은
더할 나위 없이 존경스러웠다고
한 목소리로 추켜세운다.

코비드 19,
그 세계적인 난해시의 펜데믹으로 희생된
시신의 관 앞에 도열해서
엄숙이 장례를 치루는 식장의
자칭 시인, 평론가 그리고
출판사 사장들……

문상객은 하나도 없다.

다만 맘속으로
이 풍진 세상 미련 없이 잘
죽었다고 한다.

사람 인ㅅ

서로 등에 등을 기댄다는 것은
얼마나 아름다운 일이랴.
어려울 때
슬며시 내주시는 아버지의 등.
슬플 때
넌지시 들이미시는 어머니의 등.
외로울 때
남몰래 빌려주는 친구의 등.
그의 체온과 숨결과 맥박이
고스란히 나와 하나 되어 모진 추위를 막아주는,
이 한 겨울 밤,
침대가 아니라, 침랑이 아니라
따뜻한 온돌 바닥의 등짝이 내미는 그
어부바!
바닥에 등을 대고 누워서
어린 시절 어머니의 등에 업혀 그랬듯
적막한
우주의 숨소리를 듣는다.

환청

온 길은 어머니의 질膣이지만
가는 길은
사랑하는 사람의 귓속 달팽이관일지도 몰라.
내 고향 전라도 사투리로 길은 '질'이라 하고
귓구멍은 또
외이도外耳道라 하지 않던가.
다비장을 치루던 그 때
슬그머니 그곳을 빠져나와 한 순간
시야에서 사라져 버렸던 당신,
어디로 갔나 몹시 궁금했는네
아아, 자박 자박 걸어
내 귀 속에 이미 들어와 있었구나.
그렇지
사랑하는 사람을 버리고 차마 어떻게
멀리 떠나갈 수 있으리.
안쓰러워라.
어제처럼 촉촉이 비 내리는 날은
자꾸 내 볼을 만지작거리고
심술구저라.

오늘처럼 바람이 센 날은 자꾸
내 이름을 부르고……

폐결핵

백내장 수술을 받으려
예비 검진을 했더니 X선 검사에서
폐결핵 흔적이 있다고 한다.
그동안 까맣게 잊고 지내왔는데
가슴에
뻥 뚫린 허공 하나가 있다고 한다.
당신을 본 순간
미열에 들떠 황홀했던 그 첫사랑의 사진,
젊은 시절 앓았던 그 열병,
아, 그렇구나. 지금까지도 메꿔지지 않던 내
한 생의 외로움,
한 생의 우수.

이미 시야가 흐려서
옛 기억조차 모두 사라져버린 노년의
어느 서러운 날,
아무리 떠올리려, 떠올리려 안간 힘을 써도
떠오르지 않던 당신의 그
아득한 모습.

견인차

차에 연료를 주입하듯 이 아침
허겁지겁 위장에 끼니를 채운 뒤
출근 길을 서두르다가 보았다.
내 차선을 급히 추월해 달리는 렉커차 한 대,
그 후미에 매달린 견인대牽引臺*의
유달리
눈에 띄는 십자가 틀을……
아, 전방 어디에선지 차 사고가 났나보구나.
그렇다.
차도 인간도 한생 올바른 길을 가지 않으면
필시 전복을 당해 훗날 이처럼
분명 지옥으로 떨어지리니,
사는 동안 어찌
십자가에 의지하지 않고 죽어
구원을 받을 수 있으리.

---

* 견인차—그 중에서도 특히 일반적으로 사용되고 있는 언더 리프트under lift 방식의 견인차(기아의 프린티어나 현대의 마이티 등)는 피견인차를 들어 올리는 견인대가 십자가 틀로 되어 있고 평소엔 그것을 바로 세워 차체의 후미에 매달고 다니므로 우리에겐 마치 십자가를 지고 운행하는 차처럼 보인다.

마태복음 제1장

문득 깨어나 눈에 든 이 세상은
온통 호기심,

호기심은 실망을 낳고, 실망은 망상을 낳고, 망상은 고독
을 낳고, 고독은 사랑을 낳고, 사랑은 권태를 낳고, 권태는
배신을 낳고, 배신은 버림을 낳고, 버림은 망각을 낳고, 망각
은 깨침을 낳고 깨침은 다시 호기심을 낳나니

요람에서 무덤까지 모든 대수代數의 계보가 이러하니라.

소천召天

봉수대烽燧臺에서
화두火寶에 불을 지펴 가물가물
지평선으로 연기를 피워 올린다는 것은
국토의 어디에선가 비상상황이
발발했다는 신호가 아니겠느냐.
한 생의 죽음 또한 어찌 이에 미치지 못하리.
제단에 분향해서 그 타오르는 향으로
우리가 신神을 부르듯
육신을 불에 던져 한 줌 연기를
하늘로 피우는 것 역시
이 지상에서 신에게 올리는
봉화불이 아니던가.
내 오늘 화장장에서
사랑하는 사람의 죽음을 하늘에
고하나니
누구나 때가 되면 인간은
필히 한번
봉수대의 오원*이 되어야만 하는 것을.

---

* 오원五員: 봉수군烽燧軍의 우두머리.

그 때 너는 네 살

너는 4살, 나는 8살.
우리는 그때 외갓집 마당가에 핀
살구나무 꽃그늘 아래서 헤어졌지.
네 초롱초롱 빛나던 눈동자에 어리던
푸른 하늘이
지금도 기억에 선명한데,
네 볼우물에 감돌던 그 천진스런 미소가
아직도 기억에 생생한데
이후 우리는 다시 만날 수 없었지.
곧 전쟁이 일어났고,
사랑하는 사람들이 죽어나갔고
더 이상 고향에서 살 수 없게 된 우리는
어딘가로 뿔뿔이 흩어지게 되었고,
생사를 모른 채 이처럼
70년을 헤어져 살아야만 했구나.
예뻤던 내 여동생 종주야.
이제 너는 일흔 둘,
나는 일흔 하고도 여섯.
몸들은 이미 늙었다마는 아직도

네 눈에 어리던 푸른 하늘과
네 볼우물에서 일던 그 귀여운 미소는
여전하구나.
종주야. 내 사랑하는 동생아,
이제 우리는 다시 헤어지지 말자.
그때 그날처럼 아직도
그 자리에 서 있을 우리 외가 집 마당가
살구나무 꽃그늘 아래서
다시 만나자.
다시는 그 끔찍한 민족의 시련을
겪어선 안 된다.
그때 너는 4살, 나는 8살.

— 2018년 8월 25일
금강산 제21차 이산가족 상봉장에서
북에서 내려 온 이종 여동생에게

동화童話

22세의 꽃다운, 젊은 어머니는 지아비를 잃은 지 8달 뒤 그 소년을 낳았다. 전라도의, 바다가 가까운 어느 산골 마을이었다. 그렇지만 남편 없는 시가에 정을 붙이지 못했던 그녀는 애비 잃은 그 핏덩이를 품에 안고 그만 친정으로 돌아와 버렸다. 그래서 소년은 그때부터 초등학교, 중학교를 거쳐 고등학교를 졸업할 때까지 외가에서 자랐고 어머니는 일생을 수절하시다가 51세를 일기로 행복하지 못했던 삶을 마감하셨다.

할아버지가 하서河西 김인후金麟厚의 12대 손이었고 할머니가 송강松江 정철鄭澈의 13대 손이었던 외가는 하서를 배향한 필암서원筆巖書院의 옆자락에 자리하고 있었다. 그래서 유년 시절의 소년은 필암서원을 들락거리거나, 그 앞을 흐르는, 맑은 황룡강에서 미역을 감거나, 아니면 이 후원의 대숲 아래 앉아 사랑채의 외조부께서 글을 읽는 소리를 듣는 일로 하루 해를 소일하곤 하였다. 그러다 지치면 별당 마루 끝에 멍하니 홀로 앉아 황룡강黃龍江을 끼고 돌아 가는 호남선 기차의 하얀 연기를 바라본다든가 하는 것이 좋았다.

외가에는, 큰따님이었던 어머니 이 외 손아래 다섯 분의 이모님과 한 분의 외숙이 계셨다. 그러나 태생적으로 내성적이고 문약했던 소년은 항상 외롭기만 했다. 주위의 모든 사람들이 다 연치가 있는 분들이어서 아마 더 그랬을지도 모른다. 그런 그에게 어느 날 세상 처음으로 정을 붙일 소녀가 하나 생기게 된다. 혼인하신 큰이모님이 딸을 낳아서 친정에 나들이를 오신 것이다. 무녀독남이었던 소년은 네 살 차이의 그 여동생이 좋았다. 모처럼 큰이모님이 외가에 오시면 소년은 그 아이에게 정을 쏟곤 하였다.

그러나 그 외가집 살구나무 꽃그늘 아래서 이모님과 마지막 작별을 하던 그 해 초 여름, 비극적인 한국전쟁이 발발하였다. 외가는 파산하다시피 몰락을 했고 서울에 사시던 큰이모님댁 식구들은 종적 없이 사라져버렸다. 들리는 풍문으로는 전쟁 중 비행기 폭격으로 사망했다 하기도 하고, 빨찌산 소탕 작전에 휘말려 돌아가셨을 거라고들 했다. 그러나 아무 것도 이를 확인해 줄 증거는 없었다. 이후 70여 년의 세월이 흘렀다. 사람들은 그저 행방불명이라고만 했다.

그런데 작년 여름이다. '소년'은 〈대한적십자사〉로부터 한 통의 전화를 받게 된다. 전쟁 중 행방이 묘연해진 그 이종 여동생이 북한의 평양에서 남한의 '소년', 아니 이제 노인이 된 자신의 이종 오빠를 찾는다는 소식이었다. 큰이모님은 그곳에서 이미 타계하셨다고 했다. 그리하여 작년 그날, 그러니까 2018년 8월 25일 금강산에서 개최된 제21차 남북 이산가족 상봉장에서 일흔 여섯 살의 '소년'은 일흔 두 살이 된 '소녀'를 헤어진 지 70년 만에 해후할 수 있었다.

헤어지는 날이다. 일흔 두 살의 여동생이 울먹이며 말했다. "오라버니, 북조선에서 외갓집이 생각나면 읽을 수 있게 친필로 시 한 편을 써 주세요. 오라버니가 남조선의 유명 시인이라는 것을 나는 북조선에서도 이미 들어 알고 있었어요."

4차 백신 접종

지금 세상은
온 인류를 덮치는 코로나 펜데믹에
몸살을 앓고 있다.
허지만
어찌 육신만이 그렇다 하겠는가.
이 시대의 메스컴,
에스 엔 에스, 포르노, 드라마, 유튜브, 넷플릭스, 각종 영
상, 상품들의 피알P.R.을 통해서
밤낮없이 스멀스멀
바이러스로 침투해오는 그 무차별적 관능과 에로스.
아니 거기엔 즐거이
암컷에게 잡혀 먹히는 독 거미도 있다.
그러니 그 감염 피하기 위하여
마음도 정기적으로
백신을 맞아야 하지 않겠는가.
사랑하는 사람과 나누는 사랑은
욕정의 항생제,
오늘 밤 나도 그녀에게

파이자인지 모더나*인지 그 주사 한 대를
따끔 맞춰야겠다.

---

* Pfizer vaccine: 1918년 중국의 우한武漢에서 발생하여 이후 세계적으로 유행
한 코로나 호흡기 감염증에 미국 의약품 회사 화이자가 만든 백신. Moderna
vaccine: 미국 의약품 회사 모더나에서 만든 동종同種의 백신.

총은 한방이다.

요즘 어느 강대국이 약소국을 침략하면서**
그만 실탄을 허비해
진퇴양난이라고 한다.
그러니 또
다른 어느 작은 나라에 무릎을 꿇고***
제발 도와달라고 애걸복걸하는 것
어찌 이상타 하랴.
미상불
당할 패배는 일단
피해놓고 보는 것이 상책.
그렇게 애초부터 총질은 왜 했을까.
같이 잘 지내든지
남의 것을 빼앗는다는 건 아예 생각조차 하지 말든지……

그러니 실탄, 포탄, 미사일, 원자탄
다 소용이 없다.
옛 하르빈의 우리 안중근 열사를 보아라.
총은 한 방이다.

** 2022년 러시아의 우크라이나 전면적인 침공.
*** 2023년 북한에서 러시아의 요청으로 탄환 원조.

한 방이 이 세상을 바꾼다.

죽은 TV화면을 벌떡 일으켜 한 세상
환하게 밝히는
리모컨의 그 총질 한방.

구두에 대하여

운동 삼아 집 근처의 우면산牛眠山자락을 오르내린 지가 벌써 여러 해, 관절에 무리가 왔는지 언제부턴가 걷기가 불편하다. 의사는 노화 현상이라며 등산을 하지 말라고 한다. 앞으로는 밑창이 딱딱한 구두 대신 바닥이 폭신 폭신한 쿳션 운동화만 신어라 한다. 아아, 한 생 부지런히 신고 돌아다녔던 그 구두, 이틀이 멀다 하고 반짝반짝 광을 내 뽐내던 그 구두가 이젠 별 수 없이 현관 구석에 처 박히고 말았구나.

어제 귀가하면서 보았다. 전복되어 아스팔트 바닥에 나딩굴고 있던 중고 승용차 한 대, 운전자는 무사했을까? 모양도 모양이지만 가로등을 치받고 찌그러진 그 모습이 꼭 버려진 내 헌 구두 짝 같다. 개나리, 진달래 꽃 화들짝 핀 그 봄 길에……

2부

부끄러움·1

평소 '그 짓을 해서 나를 낳았겠구나' 하고 상상했을 그 천진스러운 딸을 바라볼 때마다 나는 항상 부끄러웠다. 어디 그뿐인가. 『성경』엔 마음에 두기만 해도 간음이라 했거늘 길가는 예쁜 여자를 한번 안아보고 싶은 충동, 어디 한두 번이었던가. 세상에 남자로 태어나서 살아야 하는 이 원초적인 부끄러움이여.

이 나라 어느 순결한 시인은 하늘을 우러러 한 점 부끄러움이 없기를 잎새에 이는 바람에도 괴로워했다*는데 나 죽음을 가까이 둔 나이에 홀연 깨우친 바 있나니 하늘이 어찌 항상 맑고 푸르기만 했겠는가. 내 오늘 구름이 낀 가을 하늘을 바라보면서 문득 이 생의 위안을 구했음이여!

---

*윤동주의 「자화상」 일절.

부끄러움·2

　마라톤은 가장 먼저, 가장 빨리 피니쉬 라인에 도달한 자가 일등이다. 그에게 월계관을 씌워준다. 인생 또한 마라톤, 이 세상 태어나 잘 살든 못 살든, 허투로 살든 바르게 살든 한 생 나름대로 살다가 피니쉬 라인에 이르나니 그 죽음, 가장 먼저 밟는 자가 바로 승자 아니겠는가. 나 이제 이 나이에 들어 겨우 깨우쳤구나. 천재天才는 왜 항상 요절해야 하는지를……

　이루어 놓은 일 없이 세월만 오래 보신하며 살아 온 이 한 생.

부끄러움·3

길지 않은 시간 같은데 사회자가 슬며시 다가와 쪽지를 내민다. '선생님, 이미 5분 초과했어요.' 정신을 차리고 객석을 돌아본다. 아무도 귀를 기울이는 자가 없다. 그저 의식儀式의 한 순서일 뿐 누가 듣겠는가. 시간 가는 줄을 모른 채 혼자 짓거리고 있는 꼰대의 도덕군자 같은 그 말, 모두 저들끼리 소곤소곤 잡담을 나누거나 딴전을 피운다. 황망히 말을 거두고 연단에서 내려온다. 그래도 우레 같은 박수소리. 계단에서 발을 헛디딘다. 서슬에 상의上衣에 꽂힌 꽃이 바닥으로 털썩 굴러 떨어져 밟힌다.

옷깃에 매달려 있다 한들 어쩌겠는가. 어차피 식이 끝나면 버려야 할 꽃. 입장할 때 원로라고 추켜세우며 그 젊은이가 좇아와 달아준 꽃. 이미 꺾여 내 옷자락에서 시들고 있는 그 노년의 한 송이 꽃.

부끄러움·4

일부러 전화까지 해서 독자가 들려준 말. 어젯밤 TV 화면에서 선생님을 보았어요. 참 멋졌어요. 그러나 전에도, 그전에도 그랬던 것처럼 나는 이번에도 그 화면 보지를 않았다. 며칠 전 녹화를 해 두었던 그 '명사와의 대담', 차마 볼 수가 없었다. TV에 나올 내 그 희멀건 모습, 멀쩡한 허우대, 입에 바른 말, 분장한 그 얼굴. 내가 아닌 그, 나라고 우겨대는 그를 내 어찌 천연덕스럽게 바라볼 수 있다는 말인가.

나 그러나 어젯밤, 욕실의 거울에서 술에 취해 구토하던 한 사나이를 보았다. 일그러진 턱, 게슴츠레한 눈, 토사물이 번진 입, 불끈 곤두선 이마의 심줄. 그는 누구일까. 부끄러워 내 모습 정면으로 바라보지 못하고 살아온 이 한 생, 언제 맑은 정신으로 바라볼 수 있을 것인가. 죽어 유체이탈遺體離脫한 영혼으로 허공에서 내 시신屍身 바라볼 수 있을 것인가.

부끄러움·5

청운靑雲의 뜻을 품고 상경上京했다 하더라. 하늘 바래 명문 대에 합격했다 하더라. 그러나 그 허공에 무엇이 있었던가. 허망하게 지던 오색 빛깔 무지개, 덧없이 흐르던 흰 구름, 아스라히 사라지던 떼 기러기 울음소리, 위만, 위만 쳐다보고 살아왔던 이 한 생, 종내 고개 숙일 줄을 몰랐던 내 슬픈 이마에 지금은 차갑게 싸락눈만 때린다.

겨울이다. 아차 빙판길, 미끄러진 노구를 일으켜 세우다 문득 내려다 본 땅바닥, 지팡이를 짚고 조심조심 아래를 살피며 걷는다. 하얀 눈밭에 누군가가 찍어 놓은 그 발자국. 아른 아른 푸른 하늘이 어리어 있다.

부끄러움·6

노년에 드니 온밤을 뜬 눈으로 지새는 날이 많아졌다. 잠
에 들려고 노력하면 할수록 보다 또렷해지기만 하는 내 의
식. 원망스럽기만 하다. 이 긴 밤을 어떻게 보낼꼬? 외로움
과 함께 몰려드는 두려움. 그래 그 지난 날 언젠들 잠이 안와
서 그처럼 고생을 해본 적이 있었던가. 돌이켜보면 낮에도
잠이 부족해서 항상 눈 뜨고 졸기만 했던 이 한 생, 세상 어
즈러운 일에 외면하면서, 바른 일에는 눈 맞추지 않고 살아
온 청맹과니, 이리저리 요령껏 눈감고 세월을 보내 이처럼
오래 살지 않았더냐.

아아, 미수米壽라고, 백수白壽라고 축수하지 말진저. 수치가
될 수는 있을지언정 결코 자랑이라 할 수 는 없느니. 젊은 날
눈감고 졸며 살아 이처럼 노년 들어 잠을 잃어버리지 않았
더냐. 눈보라 몰아치는 겨울 밤, 칠흑 같은 어둠 속에서 홀로
깨어 심야深夜에 우는 문풍지 소리를 듣는다.

부끄러움·7

시를 쓰며 살아온 한생이라 하더라, 그 시로 누군가를 현혹했다 하더라. 땀 흘려 황지荒地를 개간하지 않고, 피 흘려 이 땅을 경작하지 않고 말로만 한 세상 잘 살았다 하더라. 그대가 유일하게 부릴 수 있는 것은 손도 발도 아닌 혀. 누에가 꽁무니로 실을 뽑아 집을 짓듯 입으로 술술술 쏟아 내는 비단 실, 그 말로 공중에 거미줄을 둘러치고 지상의 중생들을 지켜보고 있었구나.

햇살에 반짝이는 처마의 보석, 영롱하게 빛나는 일곱 빛깔 무지개, 모두 그 비단 실에 맺혀 덧없이 사라질 아침 이슬이었거니. 나비야 속지마라. 현란한 말의 성채城寨, 기어綺語와 양설兩舌*로 짜낸 허공의 그 거미집.

---

* 말이 저지르는 구업口業들 중 하나.

부끄러움·8

이희승, 이숭녕, 박목월 선생님 그 옛날 돌아가셨고, 양영옥, 정한모 선생님, 전광용, 장덕순. 정병욱 선생님도 이미 곁을 떠나셨는데 마지막 남은 스승 이기문 선생님, 눈 내리는 이 조춘早春의 아침에 영면하셨다는 부고를 받았다. 내 인생 이제 기댈 언덕이 없다. 영전에 하얀 국화꽃을 바친 후 아직 살아 조문을 온 동기 동창 서대석, 이광호, 최윤현, 윤강애와 어울려 몇 잔의 술을 나눴다. 마치 우리는 죽지 않을 것처럼, 무슨 경사나 난 것처럼 철없이 웃고 떠들고 꾸역꾸역 밥을 먹은 후 영결식장을 나섰다.

귀갓길이다. 습관처럼 중고 서점을 들렀다. 서가에 꽂힌 낯익은 시집 한 권, 몇 년 전 상재해서 누군가에게 증정했을 내 시집 『춘설春雪』이다. 펼쳐드니 내 이름과 사사謝辭를 써 올린 안표지가 찢겨 나가고 없다. 누구에게 보낸 책일까. 그렇구나. 봄에도 눈은 내리느니 겨울에 어찌 눈이 내리지 않았겠는가. 돌아와 망령되이 전화부에서 선생님의 함자를 지운다.

부끄러움·9

휴대전화가 생활필수품이 된 이래 모든 행적은 그 안에 기록이 된다 하더라. 일상으로 나누던 대화, 주고받은 문자 메시지, 깊숙이 숨겨둔 속 마음, 천박한 밀거래, 부정한 청탁과 로맨스를 가장한 스캔들, 어제 밤 네게 보냈던 그 메시지가 하도 부끄러워 오늘은 모두 삭제를 하려는데 아뿔사 누군가가 말하기를 휴대전화를 압수해 디지털 포랜식 재생을 시키면 아무 소용이 없다 하지 않느냐. 그래서 범죄 피의자는 수사를 받기 전 우선 자신의 휴대전화부터 불에 태우거나 강물에 던져버린다고 들었다.

내 하늘나라에 가서 하느님 심판을 받을 적에 이 육신 디지털 포랜식으로 재생시키면 그 죄상 얼마나 많이 들어날 것인가. 그러니 아들아 내 죽거든 그 육신 땅에 파묻지 말고 부디 불에 태워서 그 뼛가루 강물에 뿌리거라.

부끄러움·10

서랍장 속의 사진들을 정리한다. 한 번도 꺼내 본적 없어 먼지투성이가 된 사진, 아무도 보려하지 않아 내 사랑하는 아내나 가족들조차도 외면했던 그 사진, 나 죽은 후 자식들에게 끼칠 수고가 미안해서 미리 한 장 한 장 불에 태운다. 한줌의 재로 날린다. 한 생을 살면서 왜 그리도 많이 찍었을까. 사진 속의 나는 한결같이 뽐내며 잘난 체하는 모습이다.

그러면서도 오늘 또 사진을 찍는다. 후배 시인의 출판기념회에 불려가 앞줄 정 중앙에 버티고 앉은 내 그 희멀건 얼굴, 돌이켜 보면 그 어느 때 단 한번이라도 누굴 위해서 뒷줄의 배경이 되어보려고 한 적이 있었던가.

부끄러움·11

다 알고서 하는 질문이겠지. 어제 무슨 일을 하셨나요. 잇
몸이 부어서 오늘은 치료를 할 수 없겠네요. 한 손으로 핀셋
을, 다른 한 손으로는 치경*을 든 원장이 씨익 웃으며 내 얼
굴을 쳐다 본다. 그래 무엇을 했다고 자백할까. 차마 드러내
이야기할 수 없는 그 부끄러운 일이. 감쪽 같이 숨긴 줄 알았
던 그 치욕스러운 일들이 그 치과의사의 단 한 번 구강 검진
으로 그만 들통 나버린다.

이 세상의 모든, 알게 모르게 저지르는 일들은 그 어떤 것
이든 일단 먹이가 되어 결국 입안으로 사라지지 않던가. 한
생 살면서 참으로 탐욕스럽게 먹었다. 배가 부르도록 씹었
다. 그러니 그 씹어 삼킨 목구멍을 들여다 보면 다 들어나지
않겠는가. 탐욕스런 씹기에 병든 내 치아를 고치러 종로 5가
정재영 치과에 가는 날, 실은 내 일생 저지른, 부끄럽고도 욕
된 일들이 만천하에 공개되는 날.

---

* 치경齒鏡: dental mirror.

부끄러움·12

독자 한 분이 말한다. "남도 여행 중, 선생님의 시비詩碑를 보았어요. 반가웠어요". "그래? 주위에 읽어보는 사람도 있던가?" "시간이 그래서 그랬던지 저 이외는 없었던 것 같았어요." 그렇지. 누가 찾아와서 일부러 그 졸시拙詩 읽어주는 수고를 자청하겠는가. 관광단지를 조성한다고 해남군海南郡에서 땅끝 마을 바닷가에 세워준 내 그 같잖은 시비, 그러니 비, 바람, 눈보라 오두커니 맞으며 서 있는 그 자리가 얼마나 무안했을까?

그런데 나 오늘 갈바람에 무심히 지는 베롱꽃잎들을 바라보다가 문득 깨우쳤나니 그 시비, 실은 누군가 읽어보라고 세워준 것이 아니라 그 자신 벼랑에 귀 대고 부서지는 파도소리를 들어보라 세워 준 것이 아니었던가. 내 일찍이 그 돌덩이의 첫머리에 '끝의 끝은 시작'*이라고 새겨놓았던 것을, 이제 이승의 끝에 와서 저승의 물소리를 들어야 할 때. 돌아보니 내 일생 쓴 시 2,000여 편이 바닷가 벼랑에 부서지는 일개 파도소리보다 못하였구나.

---

* 전남 해남군 땅끝 마을 바닷가 산 벼랑의 오 세영 시비에 새겨진 시 「땅끝 마을에 와서」(『님을 부르는 물소리 그 물소리』(랜덤 하우스 코리아, 2008)에 수록)의 일절. "누가 일러/ 땅끝 마을이라 했던가./끝의 끝은 다시/ 시작인 것을……/내 오늘 땅끝 벼랑에 서서/먼 수평선을 바라보노니/천지天地의 시작이 여기 있구나.……"

부끄러움·13

유복자遺腹子로 태어난 나는 어릴 적 아버지의 이름을 몰랐다. 그래서 누군가가 아버지의 이름을 물으면 대답 대신 얼굴을 붉히곤 했다. 그 때마다 들었던 핀잔, '지 애비의 이름도 모르는 놈' 그래 이름이란 그렇게 소중한 것이었던가. 철이 들자 나는 조부祖父님께서 지어주신 내 이름 '오세영'을 생각해 보았다. 세상 '세世' 영화 '영榮', 이 곧 애비 없이 가엽게 태어난 아이이니 사는 동안만큼은 영화롭게 살라는 뜻이 아니었던가. 내 한생 상을 받고 출세하고 후세에 이름을 남기는 것이 그 길인 줄로만 알았더니라.

아, 그러나 엊그제 국가가 준 훈장 몰래 방에 숨어 한 번목에 걸어보다가 섬찟 그 금속의 찬 기운이 서려 깨우친 바있나니 그 '세상 세, 영화 영'은, 실은 세상을 영화롭게 살라는 뜻이 아니라 '세상을 영화롭게 만들라'는 뜻이었던 것을.

부끄러움·14

지방대 교수로 있는 딸이 내게 푸념을 한다. 아빠는 교수 사회에서 항상 잘난 체만 하고 다녀 모두가 싫어한다며? 도대체 아빠는 내게 하나도 도움이 되는 것이 없어. 아아, 그렇구나. 그럴지도 모르겠다. 딸아.

어릴 적 외할머니는 애비 없이 태어난 나를 집안에 손이 들 때마다 당신 곁에 조신히 꿇어앉히고 항상 이렇게 말씀하시는 거였다. 어르신, 이 애 좀 보세요. 보통 애가 아니랍니다. 하늘에서 뚝 떨어진 애지요. 그러면 손님들은 한결 같이 또 이렇게 맞장구를 치셨다. 그럼요. 다른 애들과 어디 비교할 수 있나요? 그야말로 하늘에서 뚝 떨어진 애지요. 이비범하게 생긴 이마와 부처님 같은 귀를 보세요.

그래서 나는 그 때부터 내가 보통 사람과는 다른 특별한 존재인 줄로 착각하며 살아왔단다. 사랑하는 딸아, 미안하구나.

부끄러움·15

오늘이 원고 마감 날인데 아무리 집중해도 시상詩想이 떠오르지 않는다. 컴퓨터를 앞에 두고 다시 명상에 든다. 음운音韻 하나만이 다를 뿐인데 '사랑'이 '사람'일까 '사람'이 '사랑'일까? 더 이상 생각 없어 머뭇거리는 사이 깜빡 화면이 꺼져버린다. 어제는 또 며느리의 핀잔을 듣지 않았던가. 기억이 가물가물한 그 이름, 내가 지어준 고 귀여운 손자 이름이 '우재'던가 '우제'던가. 날로 심해지는 치매기, 아, 이쯤해서 그만 절필하리라, 깨끗이 포기하리라 뇌이면서도 전원이 꺼진 컴퓨터를 붙들고 안간힘을 써본다. 시를 쓰려 온 하루를 보낸다.

놓아주어야 할 사람, 이제는 안아줄 힘도 없는데 그저 붙들고만 있는 내 사랑, 그래도 항상 곁에 두고만 싶은, 그래야 내 살아 있음이 증명되는 너.

3부

봄밤은 귀가 엷어

봄밤은 귀가 엷어
뒤뜰의 매화 피는 소리가 들린다.
봄 잠은 귀가 여려
꽃잎에 이슬 맺히는 소리가
들린다.
봄 꿈은 귀가 열어
그 꽃대에
후두둑
바람 지는 소리가 들린다.
길섶 어디선가
살포시 별들을 밟고 오는 그
치맛자락 스치는 소리.

아득한 하늘, 강 건너 사람.

결별

눈보라 찬데,
살얼음에 맨손 아리는데
그는 어디로 갔을까.
오른쪽, 숲으로 난 길을 걸어서 갔을까.
왼쪽, 들로 난 길로 달려갔을까.
운동화, 구둣발, 털 장화……
눈밭 어지러히 찍힌 갈림길의 그
발자국 발자국들.
지금 세상은 온통
찬 바람 사정없이 몰아치는데
호호 언 손을 입김으로 불며 그는
휘적휘적 홀로 갔을까.
다른 이의 포켓에 손목을 넣고 다정히
함께 체온을 나누며 걷고 있을까.
꽁꽁 얼어붙은 눈밭에서 처연히
밟히고 있다.

버려진 그 장갑 한 짝.

사랑하는 사람아

사랑하는 사람아, 너는
예뻐서 좋겠다.
예쁜 사람은 외로움을 모르거니.
사랑하는 사람아,
너는 예뻐서 좋겠다.
예쁜 사람은 그리움을 모르거니.
사랑하는 사람아 너는 참
예뻐서 좋겠다.
예쁜 사람은 슬픔을 또한 모르거니.

홀로 네 곁을 지키는 그 한 사람을 짐짓
모르고 살아서 너는
정말 좋겠다.

첼로를 위하여

— 낙산사洛山寺 박물관에서 보았다. 몇 년 전
이 지역의 산불로 화상을 입은 가문비 나무가
다시 바이얼린으로 환생해 있는 것을……

울다, 울다 바람에 꺾여
흙 속에 묻혀야 했을 것을.
아름답다,
아름답다 하는 말에 속아 그의 품속에 안긴
한 겨울의 가문비 나무*
그의 거친 손길에 현이 끊긴 첼로는
지금 차가운 헛간에 버려졌구나.
그러나 이 모두는
당신의 잘못이 아니었다.
차라리 가파른 산비탈의 외로움 지켜
바람에 우는 한 그루 나목裸木으로
그냥 그렇게 서 있어야 했을 것을,
울다, 울다 암벽에 부딪혀
가없이 부서지는 파도처럼
울다, 울다 찬 바람에 날려 살풋
허공으로 사라지는 갈잎처럼.

---

*바이얼린이나 첼로는 단풍나무나 가문비 나무로 만든다.

봄 하루

행여 소식이 없나,
오늘도 열어보는 문자 메시지.
행여 답장이 없나,
허실 삼아 살펴보는 카카오 톡 목록.
어디선가 뻐꾸기는 훌쩍이는데,
어디선가 묏비둘긴 울어쌌는데
행여 소식이 없나,
영산홍 이우는 꽃그늘 아래서
실 없이 열고 닫는 휴대폰 자막.
무심히 해 저무는 그
봄날의 하루.

부탁

언제부터인가 눈물이 마르기 시작하더니 시야가 항상 흐릿하기만 하다. 의사는 다른 처방이 없다며 앞으로는 매일 인공루액人工淚液을 주입하라고 한다. 슬픔과 기쁨이 바닥나서 그런 것일까? 헤어지자고 손을 내미는 그녀 앞에서 망연히 하늘만을 바라보는 내 눈, 건조하고 까칠하기만 한 나의 그 멍멍한 두 눈.(나는 지금 울고 있단다)

5월에도 드는 가뭄에 뜨락의 모란이 시들어버렸다. 그 꽃대에 물을 주면서 더 이상 수액이 오르지 않아 말라비틀어진 고목 한 그루를 생각한다. 사랑하는 사람아. 이제 마지막으로 한 번만 더, 단 한번만, 그렁그렁 내 눈동자 가득히 넘치는 눈물을 다오.

파경破鏡

아무 충격도 없었는데 거실 벽에 소중히 걸어둔 액자 하나가 갑자기 바닥으로 떨어져 박살이 났다. 순간, 그림 속 한옥 정자 한 채와 하늘을 나는 몇 마리 새와 허수아비처럼 우두커니 그들을 지켜보던 한 노인의 구도가 허망하게 깨져 버린다. 이 인연 다시 되돌릴 수 있을까. 못이란 언제인가 반드시 삭거나 부러지기 마련, 등 돌린 벽에 대못을 박아 걸어둔 것이 잘못이었다. 장욱진張旭鎭*의 정자亭子는 아마 결코 못을 쳐 짓지는 않았을 것이다. 그래서 목탑이든 석탑이든 탑은 다만 서로를 깎고 다듬어 짜 맞춘다 하지 않더냐.

아름다운 사람아. 너를 보내며 나 지금 후회하고 있거니 그간 너를 잃지 않으려고 나는 네 가슴 깊은 곳에 그만 못을 치고 살아왔나 보구나.

---

* 장욱진(1917-1990): 화가, 충남 연기 출생. 원두막과 정자를 소재로 많은 그림들을 그렸다.

바람 소리

인간이 만든 소리는 언제나 한 쪽만의 소유, 일방적이다. 종소리는 종이, 북소리는 북이, 기적은 기차가 내는 소리라 한다. 피아노나 바이얼린 같은 악기 또한 그렇지 않더냐. 그러나 자연의 소리는 항상 양자 스스로 녹아 만들어진다. 물소리라 하지만 실은 흐르는 물과 계곡이, 바람소리라 하지만 바람과 나뭇가지가 한데 어울어 내는 소리.

그리운 사람아, 나는 지금까지 너를 한낱 값비싼 첼로로만 생각했구나. 그래서 품에 안고 그 음률, 듣는 것만 좋아했거니. 그러나 너를 떠나보내며 내 비로소 알았노라. 진정으로 아름다운 음악은 홀로가 아니라 마주쳐 내는 소리라는 것을. 이제 너 없는 나는, 바닷가 벼랑에 홀로 앉아 하염없이 바람소리, 물소리만을 듣고 있단다.

연서戀書

"사랑해"
하지만 시인詩人도 더 이상은
쓸 말이 없구나.
가슴 깊은 곳에 조붓이
문진文鎭으로 눌러 두었어야 했을 그
한 마디.
창문을 열어두었던가.
휘이익 한 줄기 바람이 불자 그 편지
팔랑
허공으로 날아가 버린다.
채 우표도 부치기 전이었는데……

아침마다
마가목 가지 위에서 재잘 거리던 그
팔색조 한 마리.

기다림

보고 싶은 그 건너에
그리움이 있다면
그리움의 그 너머엔 무엇이 있을까.
온 종일 깜깜한 스크린에 갇혀
열리기만 기다리던 티 브이 창窓
리모컨을 팽개친 채 당신은 지금 어디로
외출해 버리셨나요?
그 누구의 무슨 꼬드김에 그리 속아 이처럼
채널을 아예 바꾸어 버리셨나요?
뒤돌아, 돌아보면 깜깜한 어둠,
세톱 박스* 안에 갇힌 그
슬픈 기다림.

---

* STB(Set Top Box): TV에서 전파를 수신하는 데 필요한 기기의 일종.

그 한 밤

꾹꾹 눌러 써도 좋아요.
부드럽게 흘려 써도 좋아요.
거친 행간을 건너뛰다 그만
찢어 버려도 좋아요.
다만 잉크를 엎질러 알록달록 시커멓게
적시지만 마시기를,
다만 꼬깃꼬깃 구겨 휴지통에 버리지만
마시기를,
홀로 황촉불 환히 밝혀
당신의 탁자 위에 놓인 이 순백의
종이 한 장.
무엇이나 써도 좋아요.
사랑하지 않는다고 써도 좋아요.
다만 그 쓴 원고지 바람에 팔랑
날리지만 마시기를.

.

보낸 후·1

미워하지 않을게요.
예전에 큰 사랑을 주셨음으로,
원망치도 않을게요.
예전에 많은 기쁨 주셨으므로,

나 이제 이처럼 홀로 살래요.
당신만 행복하면 되니까,
되는 대로 그렇게 그냥 살래요.
당신만 즐거우면 되니까,

꽃 핀다는 소식은 주지 말아요.
잊힌 듯 잊힌 듯 잊고 지내니,
꽃 진다는 소식도 주지 말아요.
어제런 듯 그제런 듯 오늘 보내니,

보낸 후·2

걱정하지 말아요.
내버려 두어도 살 수 있어요.
굳이 내 눈치 보지 말아요.
나 하나도 이상하지 않아요.

살풋 햇빛 들어 온 세상 꽃피워도,
오싹 서리 내려 온 천지 낙엽 져도
봄 가을 오지 않는 멍청이 마을
바람을 벗 삼아 지낸답니다.

낮이 없으면 밤도 없듯이
기쁨이 없으므로 슬픔도 없어
나 그냥 그렇게 살고 있어요
한 세상 그렇게 살 수 있어요.

꽃잎

모든 결핍은 갈망을 낳나니
사랑도 진정 아름다움의 결핍에서
오는 것*,
그러므로 이 세상 그 어느 누구보다도
아름다운 사람아.
그 완벽한 당신의 아름다움이 어찌 누군들
사랑할 수 있으리.
나,
홀로 그대를 사랑하면서도
그대의 무심, 원망치 않는 마음은
태양을 사모하다가 지쳐 시드는 저
일개 5월의 장미 꽃잎
같아라.

---

* 소크라테스는 「향연饗宴」에서 사랑이란 결핍된 아름다움을(누군가에게서
빌려와) 완전한 아름다움으로 만들고자 하는 갈망이라 하였다.

결별 후

해 뜨니 낮이고 해가 지니
밤이더라.
낮은 환히 밝고 밤은 항상 깜깜하더라.
하늘은 파아랗고, 산은 푸르고, 물은 낮은 곳으로 낮은 곳
으로
흐르고, 사람들은 모두 두 발로 걷고……
회복실에서 살풋 눈을 떠 바라보는 창밖엔
바람이 불자
꽃들이 무연히 흔들리고 있더라.
신기하더라.
의사인 듯 간호사인 듯 누군가가 옆에서
총에 맞고도 이렇듯 살아 의식을 되찾다니
천만 다행이라고 속삭이더라.
내가 총에 맞았다니?
누가 왜 내게 총질을 했나?
아무 생각이 없더라.
다만
바람이 불면 나뭇잎이 흔들리고,
해가 지면 밤이 오고,

사람들은 모두 두발로 걷고
새들은 양 날개로 날고……

그래 생각난다. 꿈 꾸기 전에도 그랬었지. 전에 어디선가
많이 본 세상이더라.

4부

눈 내리는 아침엔

눈 내리는 아침은 아름다워라.
창밖은
눈이 부신 순은純銀의 정원,
하늘나라 만개한 벚 꽃잎들이
일시에 흩날려 쌓임이던가.
길 잃은 별들이 실수로 내려
온 천지 환하게 밝힘이던가.
아득한 전설 속의 공주님처럼
아, 그대 어느 날
홀연히 은하에서 찾아 왔거니
앳되고도 순결한 그 하얀
웨딩드레스는
신神이 당신의 화실에서 펼쳐드신, 빈
화폭畵幅같구나.
눈 내리는 아침은 신비롭나니
나 이제 이 지상에서
가장 경건하고도 아름다운 그림 한 폭을
그대의 가슴에 담고 싶어라.
하이얗게 눈 덮인 이
아침엔………

첫눈 내리면

바람 불어
여수麗水 앞바다 어디 메쯤에서는 벌써
동백이 꽃망울을 맺기 시작했다는데
우리 집 뒤 뜰의 동백나무는 언제
꽃눈을 틀 것인가.
바람 불어
설악산 봉정암鳳頂庵 어디 메 쯤에서는
이미 첫 눈이 내렸다는데
지금도 그녀는 그 다가多佳공원 분수대 앞에서 날
하염없이 기다리고 있을 것인가.
첫눈 내릴 때 만나기로 했던 그때 그
아름다웠던 사람.
바람이 불었다.
가로수의 앙상한 가지들이 호르르
플룻의 고음으로 자지러지는
광화문 앞 광장 그 텅 빈 밤 정류장에서
홀로 막차를 기다린다.
다시 바람이 불까.
올 봄에도 서귀포 어디메 쯤에서 필 그

유채꽃들을 나는 또
볼 수 있을까.

기적汽笛

바람이 불었다.

와르르
무너지는 역두驛頭의 벗꽃.

돌아서는 그의 검은
눈동자에는
봄 하늘의 보랏빛 윤슬이 반짝
어른거렸다.

어떤 날

삶이 슬퍼서
그 누구도 만나고 싶지 않는 날에는
홀로 벼랑에 앉아
갯가의 차고 비우는 물을 가만히
들여다보아라.
삶이 고단해
세상 모든 것이 귀찮은 날에는
썰물 진 바위에 홀로 기대서서
먼 수평선 밖
그리고 지우는 흰 구름을 바라보아라.
삶이 외로워
내 자신조차 버리고 싶은 날에는
텅빈 모래사장에 홀로 무릎을 꿇고
들고 나는 파도소리를 들어보아라.
밀물과 썰물은 지구의 호흡,
무심한 이 우주도 실은 이렇듯
숨을 쉬고 있나니
삶이 덧없어 아예
어딘가로 소리 없이 사라지고 싶은 날에는

바닷가 해당화 그늘 아래 홀로 누워서
조용히
자신의 핏줄에 들고 나는 동맥과 정맥의
그 푸른 물소리를 한번
들어보아라.

거풍擧風

몸이 뻐근해서 다리를 주무르고 있자니
손자애가 쪼르르 달려와 등을 두드려 준다.
뉘어 놓고 팔을 만지작거린다.

어디선가, 작은 방망이를 하나 들고 와서
조곤조곤 두들기기도 한다.
시원하기도 짜릿하기도……
언제인가 선禪 수련을 하던 중 졸다가
선사禪師에게 맞았던 그 죽비.

그렇지 않으랴.
이 풍진風塵 한 생 터벅터벅 걸어 예까지 왔으니
그 육신, 얼마나 고단하고 불결하리.
아가야, 네 순결한 손으로
내 몸에 낀 그 더러운 먼지 모두 털어내 다오.

내일은 나도 은퇴 후
십여 년간이나 서가에 버려두었던 장서藏書들을 꺼내
깨끗이 먼지를 털어야겠다.

낙엽을 치우며

잔치는 끝났다.

손들은 저마다 조금씩 취해 돌아가고
스산한 저녁.
장내는 빈 술잔과 버린 휴지 조각과 시든 꽃다발들만
어즈럽게 널려 있다.

흥에 겨워 웃고, 마시고, 노래하고, 춤추던
그 여름의 향연饗宴은 얼마나 즐거웠던가.

그러나
벌 나비는 이미 자취를 감춘 지 오래,
한 마리 여치가 부르는 올드 랭 사인*만이
빈 홀을 적막하게 울릴 뿐이다.

파티 후
남긴 음식물과 버린 쓰레기를 수거하려고 주섬주섬
종량제 봉투를 챙기는 늦가을.

* Auld Lang Syne.

심판

정원에서 잡초를 뽑다가 문득
손에 잡힌 그 한포기 들꽃,
내 호미 날 앞에서 가냘프게 떨고 있다.

밤 사이 어느 별에서 날아온 영혼일까.
죽어 가까스로 하늘을 건너온 그의 천국.

애잔한 눈빛으로 호소하듯 고백하듯
나를 향해
연분홍 꽃잎들을 오물거린다.
맑은 향기가 내 가슴을 적신다.

아아, 너는
전생前生의 온 날들을 기울여 쓴 시 한편을
지금 이승의 내 앞에 와서 읊고 있구나.

사는 동안
나도 내 생의 전부를 바쳐 쓴 시 한편을
빈 손에 들고 죽어 저렇게

신 앞에서 낭송할 수 있을까.

그만 호미를 집어 던진다.
작아도 순결한 그 꽃.

수혈 輸血

아직도 제 피는 붉습니다.
나무들의 피는 맑은데……

세상 문 닫고 홀로 당신 앞에 꿇어 앉아
피정避靜으로 보낸 그 석 달.

어찌할까요?
겨울 지나 봄 되어도 하느님,
저는 아직 푸른 하늘이 보이지 않습니다.

일곱 번씩 일흔 번을 용서해 주어도
죄 많은 막달라 마리아.

하느님, 어찌해야 제 혈관에
고로쇠 그 맑은 수액을 돌게
할 수 있을까요.*

봄 되어 나무들은 저토록
푸른 하늘을 우러르는데

---

* 한국에서는 이른 봄 부활절을 즈음해서 고로쇠나무의 수액을 받아 마시는 풍
습이 있다.

단풍

누엿누엿 해 저무는 시간,
문득 방안이 환하게 밝아 와서
커텐을 젖힌다.
아아, 뜰에
창을 마주한 은행 한 그루가 다소곳이
불타고 있다.
아름다울진저.
그 찬란하고도 황홀한 빛!
이제 보니
어둠 속에서 소멸하는 밤하늘의 유성도
또한 그와 같지 않았던가.
이 세상에서
한사코 본분을 지키다가 임종에 드는 것들 중
불타지 않고 맞는 죽음이 어디
있으랴.
나 오늘 땅바닥에 떨어진 은행 알 한 됫박을
주우면서 시나브로
죽어 썩어질 내 육신을 생각하나니.
한 줄기 빛도 없이 스러질 내
한생을 생각하나니.

슬픔

비록 눈에는 눈,
이에는 이라는 말이 있다 하나
증오가 증오로 해결되는 것은 이 세상
그 어디에도 없다.
눈물을 보아라.
글썽거리는 슬픔이
이글이글 타오르는 눈동자를 말갛게
잠재우지 않더냐.
내 오늘 아침
붉은 장미 꽃잎 위에서 반짝거리는
이슬 한 방울을 보았나니
그 영롱한 광휘도 기실
햇빛의 증발로 사라지는 그 한 순간의
불꽃이었구나.
불도 마지막으로 타오르는 불꽃이
찬란한 것,
그렇지 않더냐.
이 세상 모든 아름다움의 절정에는
그 배경에
항상 암흑이 자리하고 있었던 것을.

봄비 소리

긴 겨울 방학은 이로써 끝이다.
전교생 일제히 등교,
창틀의 묵은 먼지를 털고
바닥의 널린 쓰레기를 쓸고
곧 맞이할 새내기들을 위하여
운동장, 복도, 교실 온통 물을 뿌리며
대청소로 분주한 하루.

어디선가 사각사각 빗질 하는 소리.
어디선가 사륵사륵 물걸레 치는 소리.

이슬

눈동자에
눈물이 그렁그렁하구나.
지난 밤에 무슨 일이 있었던 것이냐.
두 뺨에 눈물이
방울방울 맺혔구나.
샛별이더냐
닻별*이더냐?
늦저녁 도둑처럼 네 방에 몰래 들어
새벽같이 널 두고 홀로
떠나버린 그.

꽃아,
정녕 어젯밤 네게
무슨 일이 있었던 것이냐.

---

* 카시오페아좌의 별.

이 아침

활짝 펴 아름답다고 감탄하지 마라.
꽃은
가장 어둡고 아픈 고통의 그 절정에서 봉오릴
터트리는 것이니.

호수

호수는 그 무엇이나 너그럽게
품어 안는다.
풍덩,
　　─차분하게 가라앉는 돌
텀벙,
　　─조급히 뛰어드는 돌
출렁,
　　─미끄러져 소용돌이치는 돌
호수는 그 무엇이나 흉 허물없이
받아들인다.
철벅,
　　─팔매질로 날라오는 돌
쫑쫑,
　　─물수재비로 떠서 오는 돌
찰싹,
　　─발길질에 튀어 자빠지는 돌
조약돌, 자갈돌, 수정돌, 차돌, 곱돌, 꽃돌, 몽돌……
호수는 그 무엇이나 따뜻하게
감싸 안는다.

모난 돌에도
파문만은 언제나 동그랗게 그리는 호수.

호수는 항상 푸른 하늘을 바라고 산다.

누가

누가 이처럼 산뜻하게
지중화地中化를 시켰을까?
봄 되어 얼음 풀리자
지하 수맥으로 졸졸졸 흐르는
전류.

누가
또 이처럼 하늘의 수위치를 눌러
일시에 전등을 켰을까?
어두운 겨울을 밀쳐내고
온 천지 환안하게 불 밝히는
나요. 나요. 이 봄의 꽃,
꽃들.

해설

생의 이물감과 무심결의 언어

조강석(시학자, 연세대학교 국어국문학과 교수)

1.

삶은 물질인가, 정신인가? 이 의사 질문(pseudo-question)에 대해 손쉬운 답을 구하는 것은 물론 간단한 일이다. 물질이자 정신이고 정신이자 물질인, 혹은 양자의 조화 속에 운용되는 것이 삶이랄 수도 있기 때문이다. 혹은 이렇게도 말해볼 수 있을 것이다. 빛과 어둠이 절대적 두 실체가 아니라 결여와 충만의 형식 속에서 교차하듯 삶의 물질성과 정신성역시 결여와 충만을 내분하며 왕복하는 무진 운동의 계기들이라고……

그런데 틀림없이 그런 순간들은 도래한다. 문득 삶은 전부 물질이든가, 완전히 정신일 따름으로 현상한다. 찰나도 바깥을 허용하지 않는 생의 의지가 홀연 생 그 자체를 개괄하는 위치에 놓이게 되는, 생의 이물감이 만져지는 때가 있기 마련이다. 내밀함 속에서 삶이 아득해지면 아득한 것에 비추어 일상의 모든 구차함이 부끄러운 때가 도래한다. 언뜻 비슷해 보이기도 하는 이 두 정동(精動, affect)은 실은 정반대의 벡터를 지닌 운동으로, 내밀함과 아득함 사이에서, 형이상학과 물리학 사이에서, 위대함과 소소함 사이에서 발생한다. 오세영 시인의 신작 시집은 바로 그런 순간들에 집중된 사유의 열전에 비견된다.

2.

한 겨울 밤
정갈한 백지 한 장을 앞에 두고 홀로
네게 편지를 쓴다.
그러나
바람이 문풍지를 울리자
터벅터벅 사막을 건너던 낙타의 고삐 줄이
한 순간 뚝 끊어져버리듯
밤바다를 건너던 돛배의 키가 불현듯 꺾여지듯

무심결에
툭,
부러지는 연필심.
그 몽당연필 하나를 들고
흔들리는 등불 앞에서 내 마음
아득하여라.
내 마음 막막하여라.

　　　　　　　　　　—「어두운 등불 아래서」 전문

　이 시집의 한 켠에서 지그시 무게중심을 잡고 있는 것은
어떤 아득함인데 한 시집의 주조를 이루는 심회를 사전적
의미만으로 풀어낼 수는 없는 것이라고 할 때, 이 아득함은
시의 내부에서 재정의 될 필요가 있다. 인용된 시에 근거해
말해보건대, 이 아득함은 낙차에서 비롯된다. 그것은 가까
운 것과 먼 것의 낙차라고도 할 수 있고, 혹은 멀리 있는 것,
멀리에 엄연히 존재함을 알지만 일상에서 좀처럼 끌어당겨
놓지 않았던 어떤 세계가 육박했다가 이내 다시 멀어지는
것에 대한 실감에서 비롯된다. 인용된 시는 바로 그런 의미
에서의 아득함을 근경과 원경의 이미지들을 통해 적실하게
시 속에 환기하고 있다.
　한 겨울 밤, 곧 내밀한 어떤 시간에, 근경에는 책상과 백지
가 놓여 있다. 이 시에 제시된 유일한 사건은 일순 바람이 불
어와 문풍지를 울리자 편지 쓰기에 소용되던 연필심이 "툭"
부러진 일이다. 물리적으로 밀접한 인과 관계를 갖지 않는

세 계기, 즉 겨울밤에 조용히 편지를 쓰는 행위, 바람이 문풍지를 울리는 일, 연필심이 '뚝' 부러지는 것 사이에 인과 관계를 만들어내는 것은 첫째는 상상의 더께이며 둘째는 "무심결"에 내왕하는 아득함이다. 세 개의 물리적 사실관계가 모두 연필심 끝에 집중되어 있는데 여기에 무게를 더하는 것은 두 개의 보조관념이다. "사막을 건너던 낙타의 고삐 줄이/한순간 뚝 끊어져 버리듯", "밤바다를 건너던 돛배의 키가 불현 듯 꺾여지듯"이라는 표현이 단순한 사실관계를 경험칙에 기반한 인과관계로 만든다. 그 핵심에 자리잡고 있는 시어가 "무심결에"이다. 조금 과감하게 말해보자면 이 시의 무게중심이 한쪽으로 기울어지지 않고 균형을 이루게 하는 시어가 바로 이 "무심결"이다. 사막을 건너는 낙타의 고삐 줄, 밤바다를 건너는 돛배의 키가 끊어지고 꺾여지는 일들은 명료한 동기와 목적을 품고 행하는 일들과는 달리 망외의 일들이지만 틀림없이 언제나 어디서나 일어나는 일들이다. 생활세계에 밀착한 삶이 갖는 모든 계획과 분주함을 일순 흩어놓는 이 상상은 그렇기 때문에 역설적으로 실효적 상상이 아닐 수 없다. 삶은 가까운 계획의 이면에 늘 머나먼 우연을 거느리고 있다. 이 중차대한 정황과 상상의 무게가 "무심결에" 몽당 연필 위에 얹힌다. 연필심은 먼 것이 무심결에 도래하는 무게로 '툭', 그러니까 실은 경쾌하게, 부러진다. 연필심이 부러지는 것에 대단한 철학적 무게를 부여하는 섣부름을 경계하듯 시어 '툭'은 그렇게 도드라진다. 제

아무리 심각한 사유를 동반하게 되더라도 시는 경쾌함으로 이를 부른다. 그러나 이 경쾌함이 불러오는 사유는 간단하지 않다. 몽당 연필이 툭 부러지는 일은 홀연 먼 것을 불러온다. 시의 말미에서 환기되는 아득함은 근경 속으로 원경이, 멀지만 엄연히 존재하는 어떤 세계에 대한 환기가 낳는 심리적 사태이다. 이를 정서적 이행과 변이를 뜻하는 정동이라고 해도 좋을 것이다. 이처럼 이 시집에는 소소한 사건이 먼 것을 불러오는 일로 환기된 정동이 중요하게 자리잡고 있다. 바로 아득함이다.

> 봄밤은 귀가 엷어
> 뒤뜰의 매화 피는 소리가 들린다.
> 봄 잠은 귀가 여려
> 꽃잎에 이슬 맺히는 소리가
> 들린다.
> 봄 꿈은 귀가 옅어
> 그 꽃대에
> 후두둑
> 바람 지는 소리가 들린다.
> 길섶 어디선가
> 살포시 별들을 밟고 오는 그
> 치맛자락 스치는 소리.
>
> 아득한 하늘, 강 건너 사람.
>
> —「봄밤은 귀가 엷어」전문

언젠가 필자는 시란 감각의 역치 값을 재조정하는 기관이라고 규정한 바 있다. 크고 높고 거센 감각적 자극에 둘러싸여 형성된 감각의 역치 값을 작고 낮고 여린 자극에도 반응하도록 재조정하는 것이 시의 언어이기 때문이다. 역치 값이 그렇게 재조정되면 세계의 배율이 커진다. 다시 말해 세계를 더 넓고 크게 갖게 된다는 것이다. 위에 인용된 시는 그 일단을 여실히 보여준다. "뒤뜰의 매화 피는 소리"를 들어본 적이 있는가? "꽃잎에 이슬 맺히는 소리"에 귀 기울여 본 적이 있는가? "꽃대에/후두둑/바람 지는 소리"에 소스라쳐본 적이 있는가? "길섶 어디선가/살포시 별들을 밝고 오는", "치맛자락 스치는 소리"를 반겨본 적이 있는가? 작고 낮은 소리에 역치 값이 재조정되면 세계는 그만큼 더 풍부해진다. 세계가 낱낱으로 육박해오기 때문이다. 그런데 앞서 상기했듯, 이 시집에 실린 시들은 균형을 위해 열려 있다. 인용된 시의 1연이 낮고 작은 소리를 듣는 감각에 세계가 선뜻 육박해오는 상황을 보여주고 있는 반면 시의 마지막 대목은 홀연 먼 곳을 향해 내닫는 마음을 그려내고 있다. 세계가 풍부해질수록 그럼에도 그 세계와 더불어 좀처럼 오지 않는 사람을 떠올리는 반전이 다시 아득함을 낳는다. 감각의 역치 값을 재조정하는 기관에 풍부하게 육박하는 세계, 그러나 거기에조차 결여된 것에 대한 정동. 바로 아득함이다.

3.

아득함과 더불어 이 시집의 주조를 이루는 것은 부끄러움이다. 그리고 앞서도 그랬듯이 이 부끄러움의 지시적 의미를 사전적으로 푸는 것에는 실익이 없다. 이 시집에서 한정되는 부끄러움의 의미 역시 시의 내부에서 살펴봐야 할 따름이다. 이런 맥락에서 단적으로 그 양상을 드러내는 것은 다음과 같은 시들이다. 아래 인용된 시들에 나타난 구조 즉, 시 내부에서 한정되는 부끄러움의 의미를 파생시키는 이 구조를 눈여겨보자.

(1)
시간 가는 줄을 모른 채 혼자 짓거리고 있는 꼰대의 도덕군자 같은 그 말, 모두 저들끼리 소곤소곤 잡담을 나누거나 딴전을 피운다. 황망히 말을 거두고 연단에서 내려온다. 그래도 우레 같은 박수소리. 계단에서 발을 헛디딘다. 서슬에 상의上衣에 꽂힌 꽃이 바닥으로 털썩 굴러 떨어져 밟힌다.
옷깃에 매달려 있다 한들 어쩌겠는가. 어차피 식이 끝나면 버려야 할 꽃. 입장할 때 원로라고 추켜세우며 그 젊은이가 좋아와 달아준 꽃. 이미 꺾여 내 옷자락에서 시들고 있는 그 노년의 한 송이 꽃.

—「부끄러움·3」부분

(2)

청운靑雲의 뜻을 품고 상경上京했다 하더라. 하늘 바래 명
문대에 합격했다 하더라. 그러나 그 허공에 무엇이 있었던
가. 허망하게 지던 오색 빛깔 무지개, 덧없이 흐르던 흰 구
름, 아스라히 사라지던 떼 기러기 울음소리, 위만, 위만 쳐다
보고 살아왔던 이 한 생, 종내 고개 숙일 줄을 몰랐던 내 슬
픈 이마에 지금은 차갑게 싸락눈만 때린다.

겨울이다. 아차 빙판길, 미끄러진 노구를 일으켜 세우다
문득 내려다 본 땅바닥, 지팡이를 짚고 조심조심 아래를 살
피며 걷는다. 하얀 눈밭에 누군가가 찍어 놓은 그 발자국. 아
른 아른 푸른 하늘이 어리어 있다.

　　　　　　　　　　　　　　　　　　—「부끄러움·5」 전문

　이 시집에는 「부끄러움」을 표제로 하는 일련의 연작시가
실려 있다. 위에 인용된 두 편의 시는 그중 일부인데 일종의
하강적 구조를 통해 부끄러움이 배태되는 구조를 보여주고
있다고 하겠다. 어떤 거창함으로부터 우연한 사건을 계기로
생의 난감함을 떠올리게 되는 과정을 공유한다는 것이다.
첫 번째 시에서 화자는 명사名士로서 인사말을 하고 내려오
다 계단에서 발을 헛디딘다. 이 바람에 누군가 상의에 꽂아
주었던 꽃이 떨어진다. 그리고 이를 통해 심리적 하강을 경
험한다. 명사에서 노년의 한 개인으로의, 일종의 때아닌 전
신轉身을 겪게 되는 셈인데 여기서 중요한 것은 우연한 사건
을 계기로 실존적 성찰에 이르게 되는 과정이다. 여러 겹의
정체성을 지니기 마련인 개인은 시간과 공간에 걸맞는 정체
성을 적절히 배분하며 살아간다. '헛디딤'은 이 분배가 어긋

나게 만드는 사건이며 그것의 결과는 시간과 공간에 어울리지 않는, 여기 배분되지 않았던 정체성의 출현이다. 이것은 전형적인 아이러니 사건이다. 작중 인물이 극에 몰두하다가 갑자기 극을 벗어나 독자에게 직접 말을 건네는 방식의 정체성의 이격離隔은 낭만적 아이러니의 특징 중 하나인데, 이에 비견하자면 이 시집에 실린 일련의「부끄러움」연작은 구조상 바로 이런 의미의 낭만적 아이러니를 핵심 기제로 한다고 할 수 있다. 한 정체성이 다른 정체성을 바라보게 한다는 것이다. 그러니까 저 '헛디딤'은 사회적 명사로부터 노년의 한 개인으로의, 그것도 어쩌면 부적절한 시간과 공간에서의, 이격을 낳는 사건이다.

두 번째 인용된 시에서도 이 구조는 동일하다. 청운의 뜻을 품고 상경하여 승승장구하면서 높은 곳만을 바라보는 한 때에 대한 회상이 전반부를 이룬다. 그리고 그것이 "허망하게 지던 오색 빛 무지개, 덧없이 흐르던 흰 구름, 아스라이 사라지던 떼 기러기 울음소리"와 같은 것임을 깨닫는 것, 다시 말해, "위 만 위 만 쳐다보고 살아왔던", "종내 고개 숙일 줄을 몰랐던" 삶에 대한 자성이 빙판길에 미끄러지는 우연한 사건을 계기로 후반부에 지시된다. 그러니 '헛디딤'과 '미끄러짐'은 의기양양한 의지에 작은 숨구멍을 내는 일과도 같다. 눈여겨볼 것은 이 시에 하강의 국면만 있는 것은 아니라는 사실이다. 이 시의 마지막 대목을 보자. 화자는 미끄러짐을 계기로 내려다 본 땅 위에, 하얀 눈밭에 누군가가 찍어 놓은 발자국을 비로소 발견한다. 그리고 그 발자국에 "아른 아른 푸른 하늘이 어리어 있음"을 알게 된다. 이 시에 형용된 '부끄러움'이 구조로서는 하강적이지만 의미론적 층위에서는 상승을 예비하는 것임은 그 때문이다. 아마도 아래의 두 작품은 이런 방식의 낭만적 아이러니 구조가 비판적으로 사용될 때와 자기성찰적으로 사용될 때 어떤 의미를 낳는지를 단적으로 보여준다고 할 수 있을 것이다.

(1)
이 시대의 난해한 시詩의 관을 앞에 두고
그래도 무슨 말인지 조사弔辭만은 해야 하는
자칭 문학 평론가들이 나서서 한사코
그 시신, 참 아름답다고,
입이 마르도록 칭찬을 한다.

그러나 그의 눈만큼은
편안이 감겨드려라. 안식에 들도록⋯⋯
자살인가. 타살인가. 아니면 혹
정사情死는 아닌가.

—「어느 장례식」부분

(2)
시를 쓰며 살아온 한생이라 하더라, 그 시로 누군가를 현혹했다 하더라. 땀 흘려 황지荒地를 개간하지 않고, 피 흘려 이 땅을 경작하지 않고 말로만 한 세상 잘 살았다 하더라. 그

대가 유일하게 부릴 수 있는 것은 손도 발도 아닌 혀. 누에가
꽁무니로 실을 뽑아 집을 짓듯 입으로 술술술 쏟아 내는 비
단 실, 그 말로 공중에 거미줄을 둘러치고 지상의 중생들을
지켜보고 있었구나.

　햇살에 반짝이는 처마의 보석, 영롱하게 빛나는 일곱 빛
깔 무지개, 모두 그 비단 실에 맺혀 덧없이 사라질 아침 이슬
이었거니. 나비야 속지마라. 현란한 말의 성채城寨, 기어綺語
와 양설兩舌로 짜낸 허공의 그 거미집.

　　　　　　　　　　　　　　　　　　　—「부끄러움·7」 전문

　첫 번째 인용된 시는 일종의 태도의 아이러니를 보여준다.
고인에 대한 찬사가 때로는 과장되게 넘쳐나는 조사弔辭와
그 조사에 값하지 않는 죽음의 실상에 대한 상상이 표리부
동의 관계를 이루며 어긋나 있다. 정확히 말하자면 양자 사
이의 관계에 어깃장을 놓음으로써 죽음 그 자체를 직시하게
한다고 할 것이다. 조사에 사용된 수사가 과장된 만큼, 망자
의 죽음의 원인에 대한 상상 역시 방법적으로 과장되어 있
다. 이는 망자의 죽음을 폄하하기 위해서가 아니라 화려한
수사대신 죽음 그 자체를 직시하고 죽음 앞에서 낮고 겸허
한 자세를 갖도록 요청하기 위한 것이다. 기실 조사에 사용
된 화려한 수사와는 달리 죽음은 단도직입적이며 직설적이
기 마련이다. 이처럼 이 시는 상찬보다는 겸허하고 엄연한
사실 직시가 망자의 안식에 더 부합되는 태도임을 아이러니
하게 드러내고 있다. 죽음 앞에서의 아득함과 죽음에 비춘

부끄러움의 합력은 이처럼 강렬한 태도의 아이러니를 낳으며 비판의 효용을 극대화한다.

반면 아득함과 부끄러움의 합력이 아니라 양자의 벡터가 반대 방향으로 작용할 때 그 한 가운데에는 태도의 공백이 발생한다. 두 번째 시는 바로 이런 방식으로 아이러니가 내면으로 향할 때의 정황을 다루고 있다. 발화자 자신을 타자화함으로써 생기는 존재론적 유격裕隔은 언어적 진공 상태를 낳는다. "시를 쓰며 살아온 한생"이 불현 듯 "손도 발도 아닌" "술술술 쏟아 내는" 말로 빚어낸 허방과도 느껴질 때 부끄러움과 아득함은 각기 반대의 벡터로 극대화된다. 그 결과 전경화되는 것은 "현란한 말의 성채, 기어와 양설로 짜낸 허공"이다. 아득하기도 부끄럽기도 한 마음의 상태가 이제 응시하는 것은 바로 말의 허공, 언어적 진공상태이다.

> 사는 동안
> 나도 내 생의 전부를 바쳐 쓴 시 한편을
> 빈 손에 들고 죽어 저렇게
> 신 앞에서 낭송할 수 있을까.
>
> —「심판」 부분

틀림없이 이 '최후의 시'는 진공의 언어로 쓰일 것이다. 그러고 보니 이 시집에 실린 시들의 세 번째 대종을 이루는 것은 바로 이 말의 허공과 언어적 진공 상태라고 할 수 있다.

4.

(1)
꽃 핀다는 소식은 주지 말아요.
잊힌 듯 잊힌 듯 잊고 지내니,
꽃 진다는 소식도 주지 말아요.
어제런 듯 그제런 듯 오늘 보내니,

　　　　　　　　　　　　　　—「보낸 후·1」부분

(2)
낮이 없으면 밤도 없듯이
기쁨이 없으므로 슬픔도 없어
나 그냥 그렇게 살고 있어요
한 세상 그렇게 살 수 있어요.

　　　　　　　　　　　　　　—「보낸 후·2」부분

　인용된 두 시의 공통 제목이 암시하는 바를 정확히 지시할
필요까지는 없겠지만 어떤 상실을 배경으로 하고 있다는 것
은 짐작해볼 수 있다. 상실을 화려한 수사로 에두르는 것이
이 시집의 화자에게 적절한 것이 아님을 앞서 살펴본 바 있
다. 짧게 인용된 위의 대목에서 보듯 틀림없이 화자에게 심
대했을 이 상실은 허공에서, 혹은 어떤 태도의 진공 상태에
서야 가까스로 경영되고 있다. 서두에 소개한 시에 사용된

시어를 다시 원용하자면 '무심결의 의지'라고도 아이러니하게 말해볼 수 있을 터인데 허공 혹은 진공 속에서 구사된 무심결의 언어는 종내에 다음과 같이 수일한 시를 밀어올리고 있다.

삶이 슬퍼서
그 누구도 만나고 싶지 않는 날에는
홀로 벼랑에 앉아
갯가의 차고 비우는 물을 가만히
들여다보아라.
삶이 고단해
세상 모든 것이 귀찮은 날에는
썰물 진 바위에 홀로 기대서서
먼 수평선 밖
그리고 지우는 흰 구름을 바라보아라.
삶이 외로워
내 자신조차 버리고 싶은 날에는
텅빈 모래사장에 홀로 무릎을 꿇고
들고 나는 파도소리를 들어보아라.
밀물과 썰물은 지구의 호흡,
무심한 이 우주도 실은 이렇듯
숨을 쉬고 있나니
삶이 덧없어 아예
어딘가로 소리 없이 사라지고 싶은 날에는
바닷가 해당화 그늘 아래 홀로 누워서
조용히

자신의 핏줄에 들고 나는 동맥과 정맥의
그 푸른 물소리를 한번
들어보아라.

―「어떤 날」 전문

이 시가, 지금까지 살펴본 양상들 즉, 아득함과 부끄러움을 기저에 두고 양자가 길항하거나 밀어내면서 만드는 어떤 진공 상태 혹은 무심결을 지향하고 있다는 것은 사용된 시어들에만 주목해도 확연히 드러난다: "비우는", "먼", "지우는", "버리고 싶은", "무심한", "덧없어", "사라지고 싶은", "홀로", "조용히"

이 시의 기본 구조는 "삶이 ①하여 ②한 날에는 ③을 ④해 보아라"라는 문형이 네 번 반복되는 것으로 되어 있다. 풀자면 풀리지만 풀면 사라지는 것이 시라고는 하지만 이해를 위해서 부득불 이를 도해하자면 다음과 같다.

① 슬퍼서/고단해/외로워/덧없어

② 그 누구도 만나고 싶지 않는/세상 모든 것이 귀찮은/내 자신조차 버리고 싶은/어딘가로 소리 없이 사라지고 싶은

③ 갯가의 차고 비우는 물을/먼 수평선 밖 그리고 지우는 흰 구름을/들고 나는 파도소리를/자신의 핏줄에 들고 나는 동맥과 정맥의 그 푸른 물소리를

④ 가만히 들여다보아라/바라보아라/들어보아라/한번 들어보아라

그러니까 ①계열은 특정 시기에 삶의 주조를 이루는 정서이고 ②계열은 그 마음의 상태로 인해 생겨나는 충동이며 ③과 ④계열은 ②에 대한 일종의 시적 대응으로, ①을 다스려보고 싶은 의지의 표현이다. 시에 대해서는 패러프레이즈의 이단이라는 표현도 있거니와 '도식의 이단'을 무릅쓰고 이 시를 이렇게 도해한 까닭은 이 도해가 이 시집의 배음背音과 메인 테마, 그리고 그것의 변주를 적실하게 보여줄 수 있기 때문이다. 슬픔, 고단함, 외로움, 덧없음 등은 이 시집의 배음이 된다. 세상 일 등지고, '내 자신조차 버리고' 소리 없이 사라지고 싶은 충동은 앞서 살펴본 이 시집의 주요 정조인 '부끄러움'에 기인한다. ③계열의 이미지들은 이런 이유들로 화자를 시공과 세사에 한정되지 않는 '아득함'으로 이끄는 이미지들이며 ④는 비유적으로 말하자면 '처방의 요령'이라고 할 수 있다. 이와 더불어 이 시에는 우리가 주목할 구조적 요건이 하나 더 있다. ②계열이 점층적 구조로 이루어져 있는데 ③계열이 일종의 반전을 통해 이 점층적 구조를 새로운 의지를 추동하는 기제로 삼는다는 사실이다. 그 누구도 만나고 싶지 않거나 세상 모든 것이 귀찮은 마음은 급기야 자신조차 버리고 싶고 소리 없이 사라지고 싶은 충동으로 이어지면서 긴장감을 높인다. 그런데 이 시에서 점점 높아지는 긴장감을 다스리는 것은 소멸을 영속으로 전환하는 하나의 이미지이다. "무심한 이 우주도 실은 이렇듯/숨을 쉬고 있나니"라는 대목이 그것인데 이 대목을 통해 두 가지 전환이 이루어진다. 첫째, 지독히도 쓸쓸한 한 개인의 숨소리가 지구의 호흡과 나란히 놓이게 된다. 둘째, 자신조차 버리고 싶고 어디론가 사라지고 싶은 격동이 우주의 무심함과 대비된다. 그리고 시의 마지막 대목에서 양자는 극적으로 통합된다. "자신의 핏줄에 들고 나는 동맥과 정맥의/그 푸른 물소리"에 귀 기울이며 격동의 최고조에서 무심한 우주의 호흡에 스스로를 조율시키게 된다는 것이다. 잔잔한 어조로 진행되지만 한 생만큼의 격동을 구조 속에 담고 있는 이 시의 마지막 대목에서 화자가 도달하게 되는 것은 파국이 아니라 무심일 것이다. 개체의 차원에서 무심은 외면이나 도피가 될 수 있을 것이나 우주에 가담한 호흡의 일환에서 무심은 수많은 마음의 이력을 감싸는 평정이 될 것이다. 이것은 무심결의 시가 아니겠는가.

오세영

1942년 전남 영광 출생. 전남의 장성, 광주, 전북의 전주 등지에서 성장.
서울대학교 문리과대학 국어국문학과 졸업, 서울대학교 인문대학 국어국
문학과 교수 역임. 현 서울대학교 명예교수.
1965~68년『현대문학』지 추천으로 등단.
시집『시간의 뗏목』,『봄은 전쟁처럼』,『문 열어라 하늘아』,『바람의 그림자』,
『갈필渴筆의 서書』등. 시선집『잠들지 못하는 건 사랑이다』등.
저서『한국현대시인연구』,『한국현대시 분석적 읽기』,『한국낭만주의 시
연구』,『시쓰기의 발견』등.
목월문학상, 정지용문학상, 소월시문학상, 김달진문학상 등 수상.

서정시학 시인선 224
등불 앞에서 내 마음 아득하여라

2024년 12월 31일 초판 1쇄 발행

지 은 이 · 오세영
펴 낸 이 · 최단아
편집교정 · 정우진
펴 낸 곳 · 도서출판 서정시학
인 쇄 소 · ㈜ 상지사
주 소 · 서울시 서초구 서초중앙로 18, 504호 (서초쌍용플래티넘)
전 화 · 02-928-7016
팩 스 · 02-922-7017
이 메 일 · lyricpoetics@gmail.com
출판등록 · 209-91-66271

ISBN 979-11-92580-48-7   03810

계좌번호: 국민 070101-04-072847 최단아(서정시학)
값 13,000원

서정시학 시인선